Ra
de azul

Raúl pintado de azul

Ana Maria Machado

Traducción de Irene Vasco
Ilustraciones de Ivar Da Coll

G R U P O
EDITORIAL
norma
INFANTIL · JUVENIL

http://www.norma.com
Bogotá, Barcelona, Buenos Aires, Caracas, Guatemala,
Lima, México, Miami, Panamá, Quito, San José, San Juan,
San Salvador, Santiago de Chile, Santo Domingo.

Machado, Ana María, 1941-

Raúl pintado de azul / Ana María Machado ; traducción de
Irene Vasco ; ilustraciones de Ivar Da Coll. — Bogotá : Grupo
Editorial Norma, 2001.

64 p. : il. ; 19 cm. — (Colección torre de papel)
A partir de 7 años.
ISBN 958-04-6259-3
1. Cuentos brasileños 2. Cuentos infantiles brasileños
I. Vasco, Irene, tr. II. Da Coll, Ivar, 1962-   , il. III. Tít.
IV. Serie
I869.3 cd 19 ed.
AHF6480

Título original en portugués:
Raul da ferragem azul
de Ana Maria Machado

Copyright © Ana Maria Machado, 1979
Copyright de la edición en español
© Editorial Norma S.A., 2001, para Estados Unidos,
México, Guatemala, Puerto Rico, Costa Rica, Nicaragua,
Honduras, San Salvador, República Dominicana,
Panamá, Colombia, Venezuela, Ecuador, Perú,
Bolivia, Paraguay, Uruguay, Argentina y Chile.
A.A. 53550, Bogotá, Colombia

Impreso por Graficsa Ltda.
Impreso en Colombia   Printed in Colombia
Octubre, 2001

Dirección editorial: María Candelaria Posada
Diseño de la colección: María Osorio y Fernando Duque
Diagramación y armada: Ana Inés Rojas

C.C. 11325
ISBN 958-04-6259-3

Contenido

Descubriendo el óxido

Capítulo 1

—¿Las personas se pueden oxidar?

Raúl no podía dormir de tanto pensar y repensar. Tenía mil preguntas en la cabeza.

¿Sería moho? Quién sabe... Se veía azul. Pero no era blandito como las cosas con moho. Más bien parecía óxido.

Seguía pensando y pensando. Había comenzado a pensar a la hora del recreo en la escuela, al descubrir las manchas azules en su brazo. Primero

había creído que era tinta. Pero no parecía tinta. Y no era cosa de quedarse todo el día parado en medio del patio mirándose el brazo, observando las manchas, pensando en qué sería. Su cabeza también tenía que pensar en la rabia y en la pelea que no había tenido pero que debería haber enfrentado.

De sólo acordarse, a Raúl le daba rabia otra vez. Mucha rabia. Y en la oscuridad de su cuarto, acostado en su cama, esperaba un sueño que no llegaba y volvía a recordar todo, como si lo estuviese viendo.

El tonto de Marcio había llegado del tablero y al pasar al lado de su pupitre le había dicho:

—¡Idiota!

Lo había dicho como siempre lo decía. Tan bajo como para que el profesor no oyera pero tan alto como para que los compañeros escucharan. Raúl ya sabía lo que venía después. Las risitas de los otros. Las miradas cómplices. Y la rabia dentro de él.

Pero no podía golpear a Marcio. A los niños menores no se les pega, eso sería cobardía. Y no había manera de que Marcio creciera hasta ser de su tamaño. Mientras Marcio más crecía, él también crecía más. Y nunca empataban. Claro que sería mejor que Marcio no creciera tanto como para llegar a ser del tamaño de Zeca, pues quedaría demasiado alto y sería capaz de darle una golpiza a Raúl, pues con seguridad a Marcio no le importaría eso de que no se lo puede pegar a un niño más pequeño. Pero por lo menos podrían quedar del mismo tamaño.

La verdad, Raúl no entendía por qué Marcio le tenía tanta antipatía. Todos los demás lo querían. Incluso tenía buenos amigos. Tal vez porque no se metía en peleas y cuando algo no le gustaba, prefería quedarse callado. No molestaba a los demás. No acusaba a nadie. No desobedecía. No era mal educado. No le gritaba a nadie. Todos sabían que era un niño bueno y que se comportaba bien.

Pero no sabían de la rabia que sentía por dentro. Ni de las preguntas que le daban vuelta en la cabeza.

Recordaba que aquella tarde, durante el recreo, Marcio había pasado corriendo, quitándole los anteojos a Guillermo, para molestarlo. Todo había sido tan rápido que nadie había visto bien. Sólo veían los anteojos en el suelo, quebrados, y a Guillermo furioso, llorando, insultando, gritando:

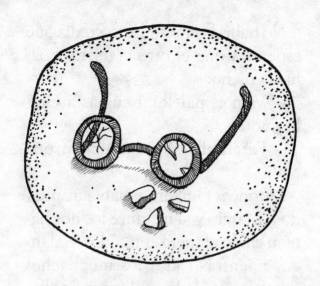

—¡Agárralo, Raúl!

Raúl lo había agarrado, mientras oía:

—Dale duro.

Ganas no le habían faltado, pero sabía que a los más chiquitos no se les podía pegar. Ni siquiera cuando eran abusivos, antipáticos, necios. Tampoco se podían acusar. Lo único que se podía hacer era esperar a que crecieran. Por eso Raúl había tenido que quedarse quieto, escuchando:

—Epa, idiota, ¿qué esperas? Dale duro...

No había contestado que tenía que esperar a que el otro creciera. Sólo había dicho:

—Vamos, pídele disculpas a Guillermo.

—Párala ahí. Qué disculpas ni qué nada.

Entonces Guillermo había insultado a Marcio y al instante los dos habían caído al suelo abrazados, rodando, mientras todos los muchachos gritaban alrededor y el inspector llegaba para llevarlos a la rectoría.

Y Raúl, en medio del patio, se había quedado con un único pensamiento:

—Uy, qué ganas de darle una mano a ese...

En ese momento se había mirado el brazo y había visto unas manchitas azules que antes no estaban. Se pasó un dedo por encima. Las manchas no se borraron. Se pasó saliva. Tampoco salieron. Fue hasta el lavamanos, se lavó con jabón, friccionó con fuerza. Tampoco. Y no eran sólo unas manchitas. Eran un

montón de manchitas. Le pareció
mejor ponerse el saco.

A la hora de la salida, algunos
compañeros lo habían llamado:

—¿Vamos a comer helados?

—No, tengo afán, tengo que llegar
temprano.

Y era la pura verdad. Sólo pensaba
en untarse alcohol, champú, deter-
gente, cualquier cosa en el brazo, has-

ta que se borraran las manchas. Pero no se borraban.

Seguía pensando: las preguntas no paraban de dar vueltas en su cabeza.

—¿Qué me dirán en la casa? ¿Estaré enfermo? ¿Será sarampión azul? ¿O alergia? ¿Serán manchas de tinta? ¿Será moho?

Podría ser, tal vez. Recordaba que en los libros de Monteiro Lobato a veces el vizconde de Sabugosa se caía detrás de la estantería y le salía moho. Claro, eso era – a los libros les podía salir moho. Y como él vivía leyendo... Sí... le había salido moho... Lo único que tenía que hacer era pasar una tarde al aire libre, al sol, para curarse.

Pero ni esto lo había curado.

Y esa noche, acostado en la cama, mientras esperaba un sueño que no llegaba, Raúl supo con seguridad que las manchas eran de óxido. Y definitivamente no conocía ninguna receta para borrar las manchas de óxido, y menos si eran de óxido azul.

Las manchas se esparcen

Capítulo 2

Por fortuna nadie se daba cuenta. Al principio, Raúl creía que los compañeros lo iban a notar. Y los profesores. Y mamá. Y papá. Pero después había descubierto que nadie veía nada, aunque él estirara el brazo frente a papá y a mamá, en la mesa, al pasar los platos de acá para allá. Trataba de que dijeran algo para que lo ayudaran a entender, sin tener que pensar tanto él solo. Pero nadie veía ni decía nada. Al fin había preguntado:

—Mamá, ¿ves algo raro en mi brazo?

—Sí, hijo. Veo que cada día estás más fuerte. Pero claro, comiendo así...

Y papá había agregado:

—Eso, Raúl. Tienes una fuerza que da envidia...

Así era: nadie veía las manchas azules. Por lo menos tenía ese consuelo – eran invisibles. Es decir, para los demás. Él seguía viéndolas ahí. Y aún cuando no las veía, sabía que estaban.

Los días pasaban, las manchas no desaparecían, tampoco aumentaban. Y nadie más las veía. Raúl había terminado por acostumbrarse y por olvidarlas. Ya no perdía el sueño por culpa de ningún óxido azul.

Una tarde, Raúl regresaba del fútbol comentando animadamente el juego con los amigos, cuando uno de los niños señaló algo que sucedía en el andén del otro lado de la calle:

—¡Miren eso! ¡Miren lo que hace ese tipo!

Un hombre con un cigarrillo en la mano quemaba, uno por uno, todos las globos de inflar que un negrito vendía en la esquina. Uno a uno desaparecían, ¡puf!, ¿dónde está el rojo?, ¿y el naranja?, ¡puf! ¿y el blanco más grande? —¡puf! se fue el verde...— ¡puf! ¡y otro rojo! – y el amarillo y el azul... ¡puf! ¡puf!

El muchachito gritaba, agitaba las piernas, pateaba, pero tenía las manos ocupadas con el resto de las bombas, los ringletes y las bande-

rolas y al no poder defenderse, pedía
ayuda.

Raúl era bueno para correr. Si se
hubiera decidido habría llegado al
instante. Sólo tenía que correr y ayu-
darlo a dar patadas. En verdad había
tenido muchas ganas de hacerlo. Pero
como los amigos no se habían movido
y se habían quedado mirando desde
lejos mientras se reían a carcajadas,
él también se había quedado quieto.
Pero sin que le hiciera ninguna gracia

ni lograra reírse. Tampoco se había movido.

Sólo había tenido deseos de ayudar al niño, de dar unos pasos largos, de correr hasta allá, de agitar las piernas, de patear. Pero se había quedado allí, como si estuviera pegado al suelo, mirándose los pies, los tennis, las medias, las piernas.

¿Qué era eso que se veía en la pierna? No era pasto de la cancha, ni sudor del fútbol. Parecía una manchita azul, igual a la del brazo. ¿Qué sería?

En la casa, después del baño y de un rato de frotarse, ya no tenía dudas. Ya conocía el óxido azul. No se borraba pero nadie más lo veía. Por lo visto, sólo se esparcía. Tenía que descubrir lo que era para acabar con eso.

Volvió a pensar mucho en el misterio. En esas manchitas que no quemaban, no rascaban y no se borraban. No le dolía, no le ardía y no desaparecían. Sabía que era óxido. Que sus brazos y sus piernas se estaban oxidando, obstinadamente. Era su problema y sólo él lo podía resolver.

¿Sólo él?

Al día siguiente había descubierto que eso no sería posible.

Había sido en el partido de fútbol. Al dar una buena carrera, había agarrado la pelota casi saliéndose de la cancha, había apuntado y hecho un lindo pase hacia el centro. Zeca había recibido la pelota y había metido un gol ganador. El equipo de ellos había ganado el partido. Al final, todos estaban felices:

—¡Golazo, Zeca! Desde la esquina, buen tiro. Lombriga nunca habría podido pararlo. Ni que fuera de caucho.

Todos felicitaban a Zeca. Era un buen jugador, fuerte, buen mozo, el mejor de los jugadores...

Entonces Zeca había dicho algo sorprendente:

—Epa, muchachos, las felicitaciones no son para mí. El que se las merece es Raúl. Si no fuera por él, no habría metido el gol...

—Tienes razón, hombre

—Nadie puede con nosotros.

—Somos invencibles.

¡Listo! Raúl se había puesto a pensar otra vez. En el fútbol era así: uno agarraba la pelota, el otro la impulsaba, el otro la centraba, el otro disparaba el gol. Uno solo no podía jugar por once personas. En la cancha eso estaba claro. ¿Por qué por fuera pretendía ser un superhombre? Decidió entonces hablar con Guillermo

pero sin contarle nada. Si nadie podía ver el óxido azul, Guillermo no le creería. Por eso comenzó con algunos rodeos:

—Guillermo, ¿qué haces cuando no puedes resolver tú solo un problema?

—No sé, hombre. A veces le pido una mano a mi hermano mayor. Él es muy bueno en matemáticas.

—¿Y si no es un problema de matemáticas?

—Él es bueno en todo. Como sabe tantas matemáticas, me ayuda a resolver los otros problemas también. Sabe resolver las operaciones, me explica todo hasta que lo entiendo. Si quieres toma el cuaderno y vamos a mi casa, que él hace hasta lo imposible por explicarte.

Raúl dudaba, pero Guillermo insistía:

—Vamos. Él es mayor, ya estudió todo esto desde hace tiempo. Se sabe todo...

Raúl no sabía cómo decir que el

problema no era de matemáticas, ni del colegio, ni del cuaderno. Sólo pudo decir:

—No tengo ningún problema. Era sólo una pregunta.

Y se despidieron. Pero la idea de buscar a alguien mayor le había parecido buena. Él no tenía hermanos mayores. Y no le iba a contar algo así al hermano de otro. ¿A papá? ¿A mamá? ¿A un profesor? Si nadie notaba nada, no valía la pena perder el tiempo con ellos. Y tampoco se sentía bien hablando con la gente grande. Y ahora que él mismo crecía, descubría que no siempre valía la pena. ¿O sí valía? ¿Quién sabe? Raúl nunca encontraba la respuesta correcta. Entre más pensaba, más preguntas se hacía.

Rabia guardada, garganta atacada

Capítulo 3

En la esquina, cerca de la casa, los amigos de Raúl conversaban. Raúl paró un momento. Muy a tiempo para escuchar a Alejandro que terminaba de contar la historia de un asalto, con carreras, persecuciones y pandilleros...

—Menos mal logré meterme al club. Pasé frente al portero silbando como si nada, disimulando... Y seguí mirando desde las escaleras, del lado de afuera. Había unos negritos parados, que me esperaron hasta que se cansaron y al fin se fueron. Entonces llamé a mi papá para que me recogiera al regreso del trabajo. Ni que me fuera a arriesgar a salir de allí yo solo casi a la hora de la comida...

Marcio había intervenido:

—Y menos de noche... Los negros en la oscuridad sólo se ven cuando uno se acerca...

Zeca también contaba una historia:

—El otro día yo iba en un autobús para la casa de mi abuela y cuando me bajé vi a un mulatico mal encarado, parado en la esquina... No le quité el ojo...

Raúl no lograba concentrarse en las historias. En su cabeza bailaban algunas palabras: *negritos parados... los negros en la oscuridad... un mulatico mal encarado...* ¿Por qué nadie decía *un blanco bajo la luz*? ¿Se volvería él tan azul que le dirían *el niño azulito mal encarado*? ¿Alguien diría que Zeca era *un blanquito con cara angelical que viajaba en el autobús*?

Raúl pensaba en todo esto pero no

se atrevía a hacer comentarios con
nadie. Ganas de hablar no le faltaban.
Y todo eso que oía le daba rabia. Si
algo lo ponía furioso, eran esas palabras: eso de decir que el color de las
personas las hace mejores o peores
que a los otros. El racismo, desde
cualquier punto de vista, le daba
rabia. Pero se quedaba callado. Tenía
miedo de que se burlaran de él. No
estaba acostumbrado a contar las
cosas que le pasaban por la cabeza.

Ese día sintió mucha rabia. Para no terminar por abrir la boca y decir cualquier cosa, se tragó las palabras y las encerró en la garganta. Después se fue a su casa sin despedirse de nadie.

En la portería de su edificio había un espejo. Al pasar, Raúl siempre se miraba –disimulando si había alguien por ahí, con calma si el lugar estaba desierto.

Con el afán, esta vez Raúl sólo se miró de medio lado. Y se detuvo, asombrado. El óxido le subía por el cuello y le cubría la garganta y hasta su boca se había vuelto azul.

—¡Ay, no! ¡Ahora tengo hasta en la cara! ¡Esto es demasiado!

Raúl se puso furioso y pensó que las cosas habían llegado más allá de los límites aceptables.

Tenía mucha rabia desde que había oído la conversación de los amigos. Sentía dolor por su cobardía tragada. Ahora también tendría que aguantarse esas desgraciadas manchitas. Y

encima de todo estaban dentro de la boca, en la lengua, en la garganta. ¡Pues no, de ninguna manera! Esta vez lo resolvería. Aun si se tuviera que frotar hasta arrancarse la piel. Aun si tuviera que hablar con alguien. Aun si tuviera que pasar la noche entera pensando hasta descubrir lo que tenía que hacer.

El cuento del Viejo de la Montaña

Capítulo 4

Estaba de buenas, por lo menos esta vez. Papá y mamá habían salido a comer por fuera. Solo, sentado en la mesa del comedor, frente al plato, Raúl podía concentrar toda su atención en el problema. Menos mal no hay nadie, pensaba.

¿Nadie? ¿Cómo? ¿Y el plato lleno de comida? ¿Había aparecido por arte de magia? Uf, ¿él también estaba haciendo lo mismo? Confundido, se puso a conversar con la empleada.

—Oye, Tita, ¿y mis papás?

—Salieron a comer, pero no sé a donde. Tu mamá iba muy bonita, tendrías que haberla visto. Debía ser algo importante. Hasta me pidió que cambiara mi día libre y no saliera hoy.

Raúl miró a Tita con atención:

—Debe haberte molestado ¿no es cierto? Eso de planear un paseo en el día libre y tener que cambiarlo... ¿No se disgustó tu novio?

Tita explicó:

—No, mañana saldré con él. Lo malo es que hoy iba a ir al cerro a hablar con el Negro Viejo y ahora voy a tener que esperar hasta la próxima semana. Él me ayuda mucho...

Mientras iba y venía del comedor a la cocina, trayendo la sobremesa, llevando los platos, Tita hablaba con interrupciones, un poco a ella misma, otro poco al niño.

Raúl escuchaba y pensaba, recordaba los cuentos que había leído y

oído desde que era muy pequeño, contados por Tita o por las Titas con otros nombres, contados por papá y mamá, dibujados en cuadritos en las revistas o escritos en los libros ilustrados.

Inventó entonces su propio cuento. Sabía que no era exactamente como se lo habían contado. Lo que lograba entenderle a Tita era algo así:

—Érase una vez un viejo, muy viejo y muy sabio, que vivía solo en lo alto de la montaña. Nadie sabía quién era, ni de dónde había llegado, pero los habitantes de las aldeas cercanas decían que en el misterio de su origen había reyes y guerreros del otro lado del mar. Se decía que conocía los secretos de la noche y que tenía poderes mágicos capaces de resolver los más complicados problemas. De los reinos más distantes, después de largas jornadas llenas de aventuras y peripecias, llegaban montones de caballeros a consultar al Viejo de la Montaña y a pedirle sus consejos llenos de experiencia y sabiduría.

Esto pensaba Raúl. Ese Negro Viejo sólo podía ser así. Pero el cuento continuaba, con un nuevo personaje:

—Un día, un joven que vivía en la aldea al pie de la Montaña Mágica, fue víctima de un misterioso hechizo. Nadie sabía que el joven era un príncipe, pero el hechizo había hecho que su sangre azul se viera a través de la piel, poniendo en riesgo su bien guardado secreto.

Buena esa, pensaba Raúl. Pero sin mucha convicción. Ese cuento de príncipes no tiene nada que ver conmigo. Y la sangre azul no existe. Al rasparse la rodilla siempre le salía sangre roja. Y para resolver el problema del óxido, era mejor tomar la situación de frente y dejarse de tonterías.

—¿Ey, me oyes, Raúl? —oyó que decía Tita, interrumpiendo sus pensamientos.

—Es que tengo un problema que me preocupa.

—Entonces, ¿por qué no vas a hablar con el Viejo Negro?

Sí... Aun sin ser el príncipe encantado podría ir a conversar con el Viejo de la Montaña. A veces era más fácil hablar con los desconocidos que con la gente que uno ve todos los días.

Eso... Ya estaba decidido: al día siguiente iría a buscar al Negro Viejo. Tita le dio todas las explicaciones y, más tranquilo, Raúl durmió bien por primera vez en mucho tiempo.

Una niña de armas tomar

Capítulo 5

Al día siguiente salió de la casa como si fuera para la escuela, pero con otros planes. Dejó los cuadernos donde el vendedor de periódicos:

—Guárdamelos, por favor. Quiero darle una sorpresa a mi mamá y tengo que preparar todo mientras ella cree que estoy en la escuela.

Bien, por ese lado todo estaba bien. Con el dinero de la merienda pagó los pasajes en autobús hasta cerca del cerro. Con las explicaciones de Tita sería capaz de llegar. Para la subida, sólo tenía que preguntarle a alguien. Todo el mundo conocía al Viejo Negro...

Mientras el autobús avanzaba, Raúl pensaba —¿y si me descubren faltando a la escuela? Nunca en su vida lo había hecho. Y encima de todo había mentido. Pero, qué caramba, si hubiera pedido permiso, no lo habrían dejado. Y él tenía que descubrir el

misterio. Resolver el problema. Hacer algo. Vencer el óxido. Era lo más importante.

¿Y si le pasaba algo? Tita sabría dónde estaba. No sabía para qué, pero sabía que iría allá. Y, de todas maneras, tenía un impulso demasiado fuerte. Estaba totalmente seguro: tenía que ir.

Se bajó del autobús, caminó dos manzanas y comenzó a subir el cerro. Primero miró hacia adelante, hacia la hilera de escalones en medio de las casuchas. Después miró hacia abajo, al suelo, que olía mal, lleno de agua sucia, de pasto, de basura. Después miró hacia arriba y vio un montón de cometas en el cielo azul. Subió despacio y mirando, hacia el frente, hacia abajo, hacia lo alto.

Un poco cansado, se detuvo. Y miró las cometas. Un montón. Coloridas y danzantes, balanceándose de acá para allá. Muy cerca, vio a un grupo de niños muy animados, peleando, compitiendo. De pronto,

todo fue confuso. El más pequeño de todos, que debía tener unos seis años, se puso a llorar y a gritar. Un poco más lejos, otra niña también gritó:

—Cobardes, aprovechan que Beto es más chiquito para robarle la co-

meta. Pero esto no se va a quedar así,
¿lo oyen? Van a ver lo que les va a
pasar...

A los demás les pareció divertido:

—Conque muy brava, ¿ah?

—Déjanos, no te metas.

—Vete. En las peleas de hombres
las mujeres no se meten.

Pero la niña estaba furiosa:

—Yo escojo mis propias peleas.

Un grandulón le dijo:

—¡Cállate la boca!

Y ella contestó:

—¡Cállate la boca se murió! La que
manda aquí soy yo.

Raúl comenzó a preocuparse pensando que tal vez lo meterían en la
pelea, pero los niños se fueron a per-
seguir otra cometa. Raúl se acercó a
la niña, que consolaba al muchachito.

—Beto, llorar no te sirve de nada. Tienes que defenderte, ponerte bravo, pelear.

—Pero ellos son más grandes. Me van a pegar.

—No, Beto. No tiene que ser a golpes y dejándote pegar. No puedes quedarte toda la vida esperando que alguien del tamaño correcto aparezca para pelear. No pelearías nunca y todos te mandarían. Yo tampoco peleo a golpes. Pero no me quedo callada, sin hacer nada cuando algo está mal hecho.

Y notando la presencia de Raúl, agregó:

—Así no me llevo las rabietas para la casa. Por lo menos no me sale óxido como a otros que pasan por aquí.

Encuentro con
el Viejo Negro

Capítulo 6

El asombro de Raúl fue enorme. Por primera vez alguien veía su óxido. ¡Y encima de todo era una niñita peleona! Perdió el habla y casi no pudo contestarle cuando ella le preguntó:

—Ey, muchacho, ¿qué miras? ¿Qué quieres?

Él le explicó:

—Me llamo Raúl y estoy buscando la casa del Viejo Negro. Oí que Beto lloraba y peleaba y paré a mirar. Pero no quiero molestar a nadie...

Con cara muy pícara, ojos muy
vivos y pelo trenzado, la niña sonrió:

—No estás molestando a nadie. Me
caes bien. Me llamo Estela.

Raúl estaba loco por hablar con
ella. De inmediato le preguntó:

—¿Qué dijiste sobre el óxido?

—¿Óxido? – repitió ella.

—Sí… Tú hablabas sobre unas
personas oxidadas que andaban por
ahí.

—Ah, sí. Qué raro que te preocupes. Son cuentos del Viejo Negro. De vez en cuando habla sobre eso. Pero yo no sé bien lo que significa. Si eres amigo de él, pregúntale.

Raúl dijo que ni siquiera conocía al Viejo de la Montaña. Es decir, lo dijo con otras palabras:

—La amiga es Tita y ella me enseñó a llegar hasta aquí.

—¿Y quién es Tita?

—Una amiga mía.

Estela lo miró y le ofreció:

—Si quieres te llevo hasta allá. No es fácil que encuentres su casa tu solo.

Subieron. En el camino él comentó:

—¿Siempre eres así de peleona?

—Cuando toca. No peleo por bobadas. Pero no me puedo quedar callada cuando veo que algo está mal. Y la gente se acostumbra a eso. Es divertido: a veces, cuando apenas voy a abrir la boca, alguien dice: "Ahí viene Estela discutiendo". Y antes de que yo comience a pelear, se arregla todo. Pero si yo no estuviera por ahí, nadie lo arreglaría. Me parece que cada uno se ocupa de lo suyo y que yo tengo que pensar por todos.

Mientras conversaban, subían. Pronto llegaron. Estela presentó a Raúl y él comenzó a hablar de Tita. El Viejo Negro sonrió cuando escuchó hablar sobre ella y recordó sus casos y los de su familia. Mientras tanto, Raúl lo miraba y pensaba. Estaba decepcionado. No sabía muy bien qué era lo que esperaba, pero era algo parecido a un misterioso encuentro con el Viejo de la Montaña, sabio y medio brujo. Frente a él, apenas veía a un viejito simpático, sonriente y hablador, que decía cosas muy enredadas, en un tono cariñoso. Podría incluso ser el abuelo de Estela...

De repente notó que el Viejo le estaba hablando:

—Entonces, ¿qué es lo que quieres, hijo?

Raúl dudó, se llenó de valor, respiró profundo:

—Quiero quitarme el óxido.

—¿Cuál óxido?

—El mío.

El Viejo se puso muy serio y miró con firmeza a Raúl. Después movió la cabeza de un lado a otro:

—Qué lástima, hijito, pero no puedo hacer nada para quitarte el óxido. El único óxido que yo podría borrar sería el mío.

Notando el aire de tristeza de Raúl, agregó:

—Pero tienes tan poco que se te quitará pronto...

Después sonrió, cantó algo y, distraído, encendió la pipa. Era claro que la charla había terminado.

Cada cual que atienda su juego

Capítulo 7

Raúl se despidió y salió, pensando, pensando. De nada le había servido el viaje al cerro. Y encima de todo, ahora había más cosas que no entendía. De repente notó que Estela le hablaba y tuvo que preguntarle:

—¿Qué fue lo que dijiste?

—Quiero saber de qué color es tu óxido.

Raúl se asustó de nuevo. Esa niña quería saber más cosas de las que él quería contarle. Pero no iba a darle su brazo a torcer.

—¿Por qué me lo preguntas?

—Para saber, ¿no? Cuando a mí me salió, era amarillo. Estela pintada de amarillo. Una amiga me contó que el de ella era negro. Marieta pintada de negro. ¿Y el tuyo?

—¿No lo ves?

Ella sonrió:

—Todavía no sabes nada del óxido, ¿verdad? ¿Crees que todos lo ven? Hay mucha gente por ahí que ni siquiera ve el propio y menos puede ver el de los demás...

—Es azul – dijo el niño. – Soy Raúl pintado de azul.

Entonces eso es, pensó él. Hay gente que ni siquiera ve el propio. Él sí lo veía. Por lo menos el suyo, que era azul. Pero se lo iba a quitar, con o sin la ayuda del Viejo Negro.

Aunque en el fondo tenía claro que sí había recibido ayuda. Porque Tita, Estela y el Viejo Negro le habían ayudado. Ahora sólo dependía de él mismo, había comprendido que aún con ayuda, cada persona se tiene que borrar su propio óxido. Cada persona sabe de qué color es, en dónde está, cómo es.

Además el Viejo Negro había dicho que Raúl tenía poco. En realidad, así como nadie veía su óxido, él no veía el de los demás. Pero nadie parecía preocuparse mucho por esto. Por lo menos ninguno de los niños de su clase. Estela era diferente. Estela, pintada de amarillo.

Estela sí se había interesado. Pero, ¿los amigos? ¿Marcio? ¿Guillermo? ¿Zeca? Esos problemas ni se les pasaban por la cabeza... O, ¿sí les pasaban? ¿Y a ellos no les importaría? ¿Por qué? ¿Qué tal que sus cabezas ya estuvieran tan oxidadas que por eso no se hacían preguntas ni buscaban respuestas?

Preguntó en voz alta:

—Estela, ¿tú tienes óxido en la cabeza?

—¡Qué tal, Raúl! Si tuviera en la cabeza me ardería. Dicen que es muy frecuente, pero también muy difícil de ver... Cuando la cabeza se oxida, no es fácil usarla. Creo que hasta pica...

Bueno, por lo visto él no tenía oxidada la cabeza. Qué suerte. Por eso había visto el óxido de su brazo el día del insulto de Marcio, y el de la pierna el día del niño de las bombas, y el de la garganta el día que se había quedado callado. Y además, por lo pronto, lograba pensar con claridad.

Menos mal. Porque tenía mucho en qué pensar. Y tenía que hablar con Estela sobre muchas cosas. Pero ahora se hacía tarde:

—Hasta luego, Estela. Otro día regreso. Ahora me tengo que ir para la casa. Pero voy a pensar en el autobús.

—Yo te llevo hasta el paradero.

Fueron conversando. En el paradero del autobús, una mujer estaba parada al lado de un enorme bulto de plástico. Estela la saludó:

—Buenos días, doña Teresa. ¿Va a entregar la ropa limpia?

—Pues sí, hijita. Y a recoger otro tanto para lavar.

No pudo oír más. El autobús llegó. Apenas tuvo tiempo de despedirse y de subirse. La lavandera también se subió. Y se sentó adelante. En cada paradero se subía más y más gente. Se subió un muchacho con la camisa abierta y una cadena en el cuello, un viejito con pantuflas que arrastraba los pies lentamente, dos mujeres que duraron un rato recorriendo el pasillo, buscando cambio en el fondo de sus carteras mientras discutían:

—Déjame pagar.

—Nada de eso, déjame pagar. Te lo ruego.

Y ninguna se sentaba, ninguna pagaba, ninguna encontraba el dinero. Y todos los de atrás discutían. Raúl se reía. A él siempre le divertía ver a las personas en los buses. Había horas en que viajaban muchos hombres. A otras horas había más mujeres y más viejos. Había horas de caos total, cuando los niños salían de las escuelas.

Primera aventura de desoxidación

Capítulo 8

Iba tan distraído Raúl observando la vida de los demás, que olvidó que tenía que pensar en su problema. Cuando casi llegaba a su casa, en un paradero antes del suyo, vio que la lavandera tocaba el timbre para bajarse. Y mientras ella bajaba los escalones, cargando su bulto pesado, el conductor aceleró el motor, haciendo ruido y reclamándole por la demora:

—¿Cómo así, doña María? ¿Se va a quedar todo el día ahí parada?

¿Cree que no tengo nada más que hacer?

Ella comenzó a pedir disculpas, muy apenada.

Raúl se puso como una fiera. Y comenzó a hablar:

—Señor, no ve que lleva un bulto muy pesado. Haga el favor de esperarla.

El conductor respondió:

—No se meta en donde no cabe. Cállese la boca, muchachito.

Sin pensarlo, Raúl respondió:

—Cállese la boca se murió. El que me manda soy yo —dijo acordándose de Estela.

Un montón de gente dentro del autobús comenzó a dar su opinión:

—Eso. El niño tiene razón.

—Pero es peligroso discutir. Lo mejor es no meterse en problemas.

—Pero alguien tiene que hacer el reclamo. ¡Qué mala educación!

—¿La de quién? ¿La del niño? Eso creo. Contestándole a los mayores...

—No, la del conductor. ¡Es un animal!

—Pero el pobre tipo trabaja todo el día con la cabeza metida en un motor caliente, con el timbre sonándole todo el tiempo y sin poder salirse de este tráfico...

—Sí, y ganándose apenas una miseria.

—Pero no tiene por qué maltratar a los demás. No tiene por qué correr así. ¡Es un peligro!

—Pues el otro día yo venía en un autobús. ..

¡Qué confusión! Todos hablaban, contaban casos, refunfuñaban, mientras el autobús avanzaba y llegaba

hasta el paradero de Raúl. En el momento de bajarse, el niño pasó junto al conductor, lo miró bien y le dijo:

—Hasta luego.

El hombre contestó:

—Hasta otro día, gamín.

¿Gamín, él? Nunca le habían dicho algo así. Él no era de los que peleaban o discutían. Era la primera vez que no se quedaba callado, que no se tragaba la rabia.

Pasó por donde el vendedor de periódicos, recogió los cuadernos, entró corriendo a su edificio. Mientras esperaba el ascensor, se miró en el espejo. Quería ver si tenía cara de haberse escapado de la escuela. Y se llevó una sorpresa: el óxido del cuello había desaparecido. Abrió la boca, sacó la lengua. Ni señal de óxido en la garganta. Se miró de prisa los brazos y las piernas. Todavía tenía unas manchas azules ahí. Pero mucho más pálidas. Y además ya no le preocupaban. Sabía que desaparecerían.

No sabía cómo, pero desaparecerían. Lo harían. Como habían desaparecido las de la garganta después de su discusión en el autobús.

En fin, después de todo, él no era un animal, sabía hablar, quería hacerlo, podía defenderse. No tenía de qué preocuparse.

Entró alegremente a la casa, canturreando. Le contó a Tita:

—Fui a ver al Viejo Negro.

—¿Fuiste? ¿Te ayudó?

—Sí, me ayudó.

Entonces ella no pudo aguantar más y le preguntó:

—¿Y a qué fuiste, Raúl?

Él dijo:

—Había algo que yo no entendía y no sabía cómo resolver. Para decirte la verdad, no sé ni cómo comenzó. Pero ahora sé algunas cosas. Y como tú siempre me has contado historias, esta vez yo soy el que te va a contar una a ti.